Remco Campert

Tagebuch einer Katze

Remco Campert

Tagebuch einer Katze

Aus dem Niederländischen von Marianne Holberg

Arche

Die Originalausgabe erschien 2007
u. d. T. *Dagboek van een poes*
bei Uitgeverij De Bezige Bij, Amsterdam

Umschlag: Max Bartholl, b3K, Hamburg-Frankfurt a. M.
Umschlagfoto: © Deborah Campert
Satz: Greiner & Reichel, Köln
Druck und Bindung: Clausen & Bosse, Leck
Printed in Germany
ISBN 978-3-7160-2377-8

»A quoi pense l'animal qui pense?«
Champfleury, Les Chats. Paris, 1868

Madonna, Thelonious, Napoleon, Justine, Kleopatra, Vincent, T. S. Eliot, Lolita, Sokrates, Zelda, Beethoven, Fellini, Venus, Malaparte, Kousbroek, Isebel, Adinda ...
Da haben Sie ein paar Namen von Katzen aus den Gärten hinter dem Haus, in dem ich mit Brille und Rock wohne. Einer wie der andere: Namen, die sich sehen lassen können, mit Sorgfalt und Liebe von den Zweibeinern ausgewählt, die zu diesen Katzen gehören.
Nennen wir ihn: Multatuli.
Nennen wir sie: Madame de Pompadour.
Zweibeiner mit Geschmack.
Ich heiße Pöff. Jawohl, Sie lesen richtig. Pöff.
Ein Name wie eine Sprachstörung.
Brille und Rock haben mir diesen Namen gegeben, als ich noch sehr klein war und von nichts eine Ahnung hatte. Jetzt bin ich klüger, aber es ist zu spät. Für immer schleppe ich einen Namen mit mir herum, der einfach nur läppisch klingt.
Pöff! Ein Armutszeugnis der Namensgebung.
Sogar der Nachbarkater, der Rote Harry, Horror der Höfe, hat einen ansprechenderen Namen.

Übrigens lautet der Spitzname von Napoleon Nappie und der von Madame de Pompadour Po.

Nun ja.

Aber Pöff geht wirklich nicht.

HUND, verdammt noch mal, wie ich mich langweile.
HUND darf ich eigentlich nicht sagen, aber schließlich kann mich keiner daran hindern, es zu denken.
HUND, HUND, HUND.
So, das tut gut.
Dennoch schaue ich mich zur Sicherheit kurz um, doch HUND lässt sich nicht blicken.
Oder hat er sich in die Fliege verwandelt, die durch das Zimmer fliegt?
Solche Sachen scheint HUND zu können.
Man weiß also nie, und deshalb renne ich nicht hinter der Fliege her. Die kleinen Meckertöne, die meinem Maul entweichen, kann ich allerdings nicht unterdrücken. Dieses Mal lasse ich mir den Leckerbissen entgehen.
Aus Furcht vor dem HUND nehme ich mich zusammen.

Ein langweiliger, fauler Tag, den ich vor allem auf Brilles Bett verbringe.
Keine Lust. Auf nichts.
Ich hatte mir vorgenommen, mich einmal gründlich zu putzen, aber mehr als die eine Hinterpfote, und auch die nur zur Hälfte, schaffe ich nicht. Ab und an nicke ich ein. Ich träume von winzig kleinen Mäusen, die auf dem Bett hin und her rennen. Immer wenn ich versuche, sie zu fangen, sind sie mir um Pfotenlänge voraus.
Und dann lachen sie auch noch über mich.
Ein äußerst frustrierender Traum.
Brille und Rock haben sich schon früh auf den Weg gemacht. Sie hatten es eilig. Ein Wunder, dass sie mich noch kurz streichelten.
Ich unternahm den soundsovielten Versuch, gleichzeitig mit ihnen aus der Tür zu flitzen, aber da hatte ich mich verrechnet. Rock schlenkerte einmal mit ihrer Tasche, und das war's.
In vier Jahren – so lange wohne ich im Haus von Brille und Rock – habe ich es genau einmal bis auf die Straße geschafft. Der Postbote gab ein Paket an der Tür ab, und Brille passte einen Augen-

blick nicht auf. Die Chance nutzte ich. Brille versuchte, mich zu erwischen, aber ich konnte ihm ausweichen und schoss unter ein Auto, das vor dem Haus parkte. Ich setzte mich so hin, dass er mich fast erreicht hätte – aber nur fast. Um mich herum roch es nach großer weiter Welt.
Brille verlegte sich aufs Bitten und Betteln und ich darauf, sitzen zu bleiben und ihn voller Interesse zu beobachten. Er hatte sich flach auf die Straße gelegt. Das gefiel mir: Sein verzweifeltes Gesicht unter dem Auto und sein Arm, der nach mir griff, ich sehe es noch vor mir.
Vielleicht war es ein bisschen gemein von mir, aber daran dachte ich in dem Augenblick nicht. Ich sah in Brille eher ein Studienobjekt.
Von mir aus hätte es eine ganze Weile so weitergehen können, wenn Rock sich nicht eingemischt hätte. Heftig mit einer Schachtel Brekkies klappernd, tauchte sie in der Tür auf.
Bei dem Geräusch wurde ich schwach. Einem solchen Lockruf kann ich einfach nicht widerstehen. Ich kam unter dem Auto hervor und schoss zurück ins Haus.
Brille wollte mir noch einen Klaps verpassen, als ich an ihm vorbeiflitzte, um mir derlei Eskapaden abzugewöhnen, doch er traf nur meinen Schwanz.

Ein Schwanz ist sehr nützlich. Ich kann die kleinen Blumenvasen damit vom Tisch fegen. Ich kann ihn aufplustern, wenn mir etwas nicht gefällt. Ich kann ihn um mich herumlegen, wenn ich mich ausruhe.

Der Schwanz ist auch eine Quelle der Freude. Wenn ich in Spiellaune bin, habe ich immer meinen Schwanz, dem ich nachjagen kann. Wie eine Verrückte drehe ich mich um mich selbst und kriege ihn nie zu fassen. Aber darum geht es auch nicht. Schließlich ist er keine Maus.

Wenn ich versehentlich aus dem Fenster falle und abwärts segle, erweist mein Schwanz mir gute Dienste. In der Luft kann ich mit ihm die Richtung korrigieren und lande auf meinen Pfoten.

Die schwanzlosen Zweibeiner dagegen stürzen unweigerlich zu Tode.

Brille und Rock sind nicht zu Hause. 
Heute Morgen gingen sie in aller Frühe fort und ließen mich mit einem sauberen Katzenklo und so viel Futter zurück, dass ich gar nicht alles auf einmal schaffen konnte.
Das heißt also, dass sie den ganzen Tag wegbleiben und ich das Haus für mich habe. Das habe ich sowieso meistens, denn das Haus ist groß, und Brille und Rock können nicht in allen Zimmern gleichzeitig sein.
Zuerst sitze ich eine Zeitlang unten auf der Fensterbank und beobachte, was auf der Straße passiert. Ein paar Schwanzlose fegen Blätter zusammen, die von den Bäumen gefallen sind. Ab und an bleiben Kinder vor dem Fenster stehen.
»Guck mal, was für eine süße Katze«, sagt ein Kind und klopft an die Scheibe.
Ich setze mein niedlichstes Gesicht auf und bewege spielerisch die Pfote auf seinen Finger zu. Glas trennt uns. Glas kann man nicht sehen, und es überrascht mich jedes Mal, dass meine Pfote aufgehalten wird.
Kinder gehören zwar zu den Schwanzlosen, sind

aber anders. Ich habe eine Schwäche für Kinder. Wenn hin und wieder eines zu Besuch kommt, spiele ich immer sehr vorsichtig mit ihm. Ich ziehe die Krallen ein. Und wenn es mich vor lauter Übermut am Schwanz zieht, dann hole ich nicht aus, sondern verschwinde unauffällig.
Ich springe von der Fensterbank und gehe zur Terrassentür. Auf der anderen Seite sitzt Madame de Pompadour und möchte, dass ich nach draußen komme. Der Rote Harry, Horror der Höfe, ist nicht da, die Luft ist rein. Aber die Terrassentür ist zu, und Madame schleicht davon. Ich blicke ihr sehnsüchtig nach.
Früher gab es hier eine eigene Tür, durch die ich nach Belieben hinaus und hinein konnte. Aber Brille hat sie zugenagelt, denn Harry hatte sie entdeckt, war hereingekommen und hatte vor Aufregung das ganze Haus vollgepinkelt. Ein scharfer Geruch, der noch ewig hängenblieb.
Der Tag zieht sich hin. Das Haus ist leer. Ich langweile mich. Es wird dunkel, und Futter habe ich auch nicht mehr.
Ein paar Mal streife ich durch das Haus, um zu sehen, ob Brille und Rock nicht doch heimlich zurückgekommen sind.
Ich miaue kläglich. Niemand hört mich.
Ich schärfe meine Krallen am Sofa. Das ist eigent-

lich verboten, aber da Brille und Rock nicht da sind, haben sie es sich selbst zuzuschreiben.
Irgendwo im Haus steht ein Kratzbaum, den sie mir mitgebracht haben, als ich klein war. Ich habe ihn nie benutzt.
Kratzbaum. Allein schon das Wort.
Meistens schärfe ich mir die Krallen am Lehnstuhl, der in Brilles Arbeitszimmer steht. Brille regt sich nicht so maßlos auf wie Rock. Er findet, dass es zum Leben mit Katzen dazugehört.
Ich bekomme Durst. Wie immer steht ein Schälchen Wasser für mich bereit, aber ich traue dem nicht. Wasser trinkt man an der Quelle.
Da der Wasserhahn in der Küche nicht tropft, muss ich mit einer Blumenvase vorliebnehmen, die auf dem Tisch im Wohnzimmer steht. Um ans Wasser heranzukommen, muss die Vase umgeworfen werden.
Gesagt, getan.
Spätabends – ich liege auf der Treppe und warte – höre ich, wie der Schlüssel im Schloss gedreht wird. Die Tür öffnet sich, und Brille und Rock kommen schweigend herein. Ich begrüße sie begeistert, mit erhobenem Schwanz.
Sie haben schlechte Laune.
»Jetzt nicht«, sagt Brille, als ich meinen Kopf an seinem Bein reiben will.

Gleich darauf höre ich den Aufschrei oben im Wohnzimmer: Rock.
»Oh, Scheiße!«, ruft sie.
Sie hat die umgeworfene Vase entdeckt und die Blumen in einer Wasserlache auf dem Tisch.
Ich verkrieche mich unter einem Schrank.
Heute war nicht mein Tag.

Manchmal schmeichelt Brille sich geradezu ein. Ich denke, dass er dann beachtet werden will. Ich habe gerade zu tun, zum Beispiel putze ich mir das Gesicht mit einer angefeuchteten Vorderpfote, und bei dem Anblick überkommt es ihn plötzlich.

»Süßes Pöffchen«, sagt er dann. »Ist sie ein liebes Pöffchen?«

Unsinnige Frage natürlich.

»Ein liebes Pöffpöffchen vom Herrchen«, bedrängt er mich.

Ich höre auf, mich zu putzen, und blicke ihn ärgerlich an. Lass mich in Ruhe.

Sieht er nicht, dass ich beschäftigt bin?

Aber Brille hört nicht auf, ganz berauscht vom Klang seiner eigenen Stimme.

»Das liebe Pöffchen vom Herrchen, ist sie das?«

Ich gehöre nicht dem Herrchen, ich gehöre mir selbst.

Das Dumme ist nur, dass irgendetwas in mir sich gegen den süßen, schmeichelnden Ton, den er anschlägt, nicht wehren kann.

Gegen meinen Willen werde ich schwach, lege

mich auf den Rücken und wälze mich hingebungsvoll hin und her. Ich schäme mich, aber es ist stärker als ich.
Dann begeht er den Fehler, meinen ungeschützten Bauch zu kraulen. Ich hole einmal aus und sehe zu, dass ich wegkomme. Mit blutender Hand bleibt Brille zurück.
Was sich liebt, das neckt sich.

Eines Tages, das ist auch schon wieder ein paar Jahre her, kam Brille mit einer Tragbaren Wohnung nach Hause.
Er stellte sie im Flur ab.
»Die ist für dich, Pöff«, sagte er.
Dass die Trawo nicht für ihn war, schien mir logisch, denn sie reichte Brille noch nicht einmal bis ans Knie.
»Ein eigenes Haus für dich«, fuhr Brille fort. »Wenn du zum Doktor musst oder wenn wir dich im Auto mitnehmen ins Franzosenland.«
Das sagte mir wenig. Beim Doktor war ich nur einmal, als ich ganz klein war, und daran kann ich mich kaum noch erinnern. Und ins Franzosenland haben Brille und Rock mich noch nie mitgenommen, weil sie Angst haben, ich würde dort weglaufen. Wenn sie ins Franzosenland fahren, kommt jemand ins Haus, um mich mit Speis und Trank zu versorgen.
Ich ging zur Inspektion der Trawo über.
Es ist nämlich so, dass jeder neue Gegenstand, der hier auftaucht, erst einmal beschnüffelt werden muss, damit er von mir gebilligt werden kann.

Der Geruch war neutral – weder Fisch noch Fleisch. Nur der Griff auf dem Dach roch nach Brille. Das flößte mir Vertrauen ein.

Es gab keine Fenster in der Trawo, die Vorderseite war eigentlich nur eine Tür aus Gitterstäben. Brille öffnete sie, und ich schlüpfte zwecks näherer Untersuchung hinein.

Ich mag enge Räume, und die Trawo gefiel mir. Nachdem ich noch etwas herumgeschnüffelt hatte, legte ich mich hin, um ihren Liegekomfort zu testen. Die Trawo bestand die Prüfung zu meiner vollsten Zufriedenheit.

Brille schloss die Tür und steckte den Finger durchs Gitter. Ich leckte daran, um meine Zustimmung zu bekunden.

Dann hob Brille die Trawo auf und trug mich im Flur herum. Das kam ein bisschen plötzlich, und ich stieß kleine Laute des Protestes aus, woraufhin Brille die Tür wieder öffnete und mich herausließ. Ich rieb meinen Kopf an seinem Bein, um ihm zu zeigen, dass in meinen Augen nichts Schlimmes geschehen war.

Brille trug die Trawo in den Keller, und einmal aus den Augen, vergaß ich sie.

Seit ein paar Monaten hat Rock sich angewöhnt zu flöten, wenn ich kommen soll. Ihre Flötentöne sind so zwingend, dass ich meistens gehorsam angelaufen komme.
Nicht immer natürlich. Denn ich bin der Meinung, die Schwanzlosen sollten sich nicht der Illusion hingeben, ich würde sofort erscheinen, nur weil sie es wünschen.
Sie sollen im Ungewissen bleiben über mein Tun und Lassen, denn das ist die Basis meiner Unabhängigkeit.
Brille will offenbar Rock nachahmen, aber seine Flötentöne klingen lahm und wenig überzeugend.
Sie zu ignorieren kostet mich kaum Mühe. Doch Brille gibt nicht auf.
Bedenke ich es recht, so ist er nicht besonders gewitzt, wenn es sich um mich handelt. Wahrscheinlich ist es blinde Liebe, die einen klaren Blick auf die Launenhaftigkeit meines Katzenlebens verhindert.
Aus purem Mitleid ließ ich mich einmal auf Brilles kraftloses Flöten ein. Ich bequemte mich,

zum Vorschein zu kommen, und ging sogar so weit, treu ergeben meinen Kopf an seinem Hosenbein zu reiben.
Er glühte vor Stolz.
»Siehst du wohl«, sagte er zu Rock.
Blödmann.
Der Ordnung halber: Ich kann auch nicht flöten.
Dafür aber fauchen, eigentlich genau wie Brille, wenn er zu flöten versucht.

Wie der Blitz sause ich durch den Flur, direkt an den Beinen von Rock entlang, die zu Tode erschrickt. Sie ruft mir ein Schimpfwort nach, das ich hier nicht wiederholen will. Es fängt mit »Sch...« an und hört mit »Katze« auf.

Ich habe keine Zeit, mich damit aufzuhalten. Von einer unbekannten Macht besessen, muss ich weiter.

Mit gesträubtem Fell poltere ich die Treppe hinunter, rutsche unten in der Diele auf dem Marmorfußboden aus, renne die Treppe wieder nach oben und flitze ins Wohnzimmer, wo ich meine Krallen in die Vorhänge schlage und hinaufklettere. Auf halber Höhe lasse ich mich wieder herausfallen und beginne einen Hindernislauf über Stuhllehnen, Sofarücken und Beistelltischchen. Hinter mir höre ich das Geräusch fallender Gegenstände.

Dann habe ich auf einmal genug von der ganzen Rennerei und lasse mich der Länge nach unters Klavier fallen. Kurz bevor ich einschlafe, höre ich die Stimmen von Rock und Brille.

»Jetzt hat sie wirklich einen Koller«, sagt Rock.

»Wir bekommen Sturm«, sagt Brille. »Das spüren Tiere.«
Brille hält mich für ein Barometer.
Ich weiß nicht, was in solchen Momenten in mich fährt. Ist es eine höhere Macht (HUND) oder eine niedere (ANTIHUND)? In jedem Fall ist es größer als ich. Mein Herz klopft, mein Geist ist leer, ich bin nur noch Saft und Sausen.

Zu den regelmäßig wiederkehrenden Phänomenen in dem großen Haus, in dem ich mit Rock und Brille wohne, gehört der Putzmann.
Der Putzmann ist der Zweibeiner, der das Haus sauber hält.
»Was würden wir nur ohne unseren Putzmann machen«, sagen Rock und Brille oft seufzend. Über mich habe ich sie das noch nie sagen hören, aber vielleicht sagen sie es, wenn ich nicht dabei bin. Ich will es einmal annehmen.
Der Putzmann ist immer freundlich, aber Futter brauche ich von ihm nicht zu erwarten. Dafür ist er nicht zuständig.
Wenn er beim Schrubben, Fegen, Putzen und Staubwischen ist, schaue ich ihm interessiert zu. Seine Gegenwart bedeutet eine Abwechslung, denn es kann ganz schön langweilig im Hause sein. Brille und Rock sind meistens mit sich selbst beschäftigt.
Es gibt ein Ding, das ich zutiefst verabscheue, und dieses Ding nenne ich das Drohende Ding. Wenn der Putzmann es aus der dunklen Besenkammer unter der Treppe holt, suche ich das Wei-

te. Ich lasse mich erst wieder blicken, wenn das Monster sicher hinter Schloss und Riegel sitzt.

Das Drohende Ding stößt lautes Gebrüll aus und hat einen hässlichen langen Rüssel, mit dem es alles verschluckt, was ihm versehentlich in die Quere kommt, beispielsweise die Haare, die sich aus meinem dicken Pelzmantel gelöst haben, aber auch alles andere, das klein und wertlos ist: Krümel, tote Fliegen, altes Laub und hereingetragenen Schmutz, Haarnadeln und Büroklammern.

In den Händen des sonst so freundlichen Putzmanns ist das Drohende Ding eine unbarmherzige Waffe. Ich bringe mich lieber in Sicherheit.

Obwohl ich in meinen Augen nicht klein und wertlos bin, würde es mich nicht wundern, wenn das Monster auch mich bei der erstbesten Gelegenheit verschluckte.

Einmal schloss mich der Putzmann (versehentlich, wie er später sagte) zusammen mit dem Drohenden Ding in der Besenkammer ein. Obwohl es sich ruhig verhielt, stand ich Todesängste aus. Was würde aus mir werden, wenn das Drohende Ding plötzlich einen Rappel kriegte? HUND mag es wissen.

Abgesehen davon, dass das Drohende Ding einen überaus unangenehmen Geruch nach Gummi und uraltem Staub verbreitet.

Habe eine unruhige Nacht hinter mir. Ich hatte Bauchschmerzen, und dauernd musste ich aufs Klo, wo ich abgrundtief miauend mein Geschäft erledigte. Auch viel erbrochen.
Schlapp liege ich auf Brilles Bett und höre, wie Brille und Rock besorgt über mich reden. Sie kommen zu dem Schluss, dass ich wohl »etwas Falsches« gefressen habe.
Trotz meines geschwächten Zustandes denke ich darüber nach, was diese Worte bedeuten. Etwas Falsches? Was soll das sein? Ich döse vor mich hin und träume von einem Napf mit einer undefinierbaren vergammelten Pampe.
Als der Würgereiz mich wieder weckt, steht Brille mit der Tragbaren Wohnung in der Hand am Bett.
»Wir gehen zum Tierarzt, Pöff«, sagt er.
Willenlos lasse ich mich in die Trawo verfrachten. Brille schließt die Gittertür hinter mir. Ich kann mich nach keiner Seite bewegen, habe aber auch nicht das Bedürfnis danach. Sogar in einem Katzenleben gibt es Augenblicke, in denen man alles über sich ergehen lässt.

Kurze Zeit später schaukle ich in der Trawo über die Straße.

Brille jammert, wie schwer ich bin.

Wie oft sehne ich mich danach, draußen auf der Straße zu sein und den Duft von Freiheit und Abenteuer zu riechen. Und nun bin ich endlich einmal auf der Straße und kann es nicht genießen.

Sehr bedauerlich.

Im Wartezimmer des Tierarztes überwiegt der Geruch von anderen Katzen. Ich werde schon leicht nervös, doch den größten Schreck bekomme ich, als eine riesige, sabbernde, aufgeregt schnuppernde Hundeschnauze vor meiner Trawotür erscheint.

Ich nehme alle Kraft zusammen und knurre warnend.

Der Hund schleicht davon.

»Wird alles gut, Pöffchen«, höre ich Brilles vertraute Stimme.

Ich miaue schwach.

Und gleich darauf noch mehr, als ich auf dem Tisch vor dem Tierarzt liege und er mir hier und da in den Bauch kneift. Das kann ich eigentlich überhaupt nicht vertragen, aber ich bin zu schlapp, um zu zeigen, was in meinen Krallen steckt.

Mein schwacher Widerstand ist gebrochen, als er

mich anschließend ganz gemein mit einer Nadel pikt, mein Maul aufsperrt und eine Pille hineinschiebt.
Selten bin ich so grob behandelt worden, aber Brille, der die ganze Zeit meinen Kopf streichelt, meint, es sei gut für mich.
Und dann wird es wohl stimmen.

Bei uns gibt es Tage, an denen Rock früh aus der Tür geht, und Tage, an denen Rock zu Hause bleibt. An den Tagen, an denen Rock früh aus der Tür geht, geht sie zu ihrer Arbeit. An den meisten Tagen geht sie früh aus der Tür.
Was Rocks Arbeit ist, weiß ich nicht. Ich glaube aber, dass sie darin besteht, die Haustür zu öffnen und hinter sich wieder zu schließen.
Es ist sehr gut möglich, dass Rock den ganzen Tag hinter der Tür stehen bleibt.
Meistens liege ich bei Brille im Bett, wenn Rock zur Arbeit geht. Es hat keinen Sinn, sie so früh am Morgen zu behelligen. Sie ist dann in Eile und kann es nicht leiden, dass ich ihr vor die Füße laufe.
Brille arbeitet zu Hause.
Wenn Rock aus dem Haus gegangen ist, dreht Brille sich noch einmal um. Ich liege unten an seinem Rücken und drehe mich mit ihm.
Brille liegt seelenruhig da, aber ich schaffe es nicht, wieder richtig einzuschlafen. Obwohl ich mir die größte Mühe gebe. Ich kneife die Augen zusammen und versuche, an *nichts* zu denken:

Spinnweben ohne Spinne, Himmel ohne Vögel, Löcher, aus denen keine Maus zum Vorschein kommt.
Vergebens. Ich werde immer wacher.
Ich habe Hunger.
Schließlich halte ich es nicht mehr aus. Ich springe vom Bett und eile zu meinem Napf. Man kann nie wissen. Aber den habe ich natürlich gestern schon leer gefressen.
Als ich zurückkomme, schnarcht Brille noch immer. Und was das Futter betrifft, muss ich mich schon an ihn halten. Doch er macht keine Anstalten aufzustehen.
Es wird Zeit für drastischere Maßnahmen. Brille soll nicht denken, dass er weiterschlafen kann, während neben ihm ein Hausgenosse hungers stirbt.
Ich springe auf das Tischchen neben dem Bett, stoße mich ab und lande mit meinem ganzen Gewicht auf dem schlafenden Brille.
Dabei miaue ich flehentlich.
Oft reagiert er nicht gleich und stellt sich schlafend, in der Hoffnung, dass ich ihn in Ruhe lasse, doch dann wiederhole ich die Aktion so lange, bis er sich aus den Decken quält und ächzend und stöhnend seiner Pflicht als Ernährer nachkommt.

Ich bin Brilles lebender Wecker. Wenn er mich nicht hätte, würde er vielleicht immer im Bett liegen bleiben.
Aber so haben wir nicht gewettet.

Beim Aufstehen heute Morgen war Brille schlechter Laune. Als ich mich während der Futterausgabe aus reiner Dankbarkeit an seinem Bein rieb, schubste er mich grob mit dem Fuß beiseite. Es fehlte nicht viel, und er hätte mir einen Tritt versetzt.

Ich zog mich in eine Zimmerecke zurück und behielt ihn aus sicherem Abstand im Auge. Erst als er sich von meinem Napf entfernt hatte, wagte ich es, mein Frühstück zu mir zu nehmen. Danach putzte ich mich.

Als das erledigt war, wollte ich nachsehen, wo Brille steckte. Er war inzwischen angezogen und saß in seinem Arbeitszimmer an seiner Arbeitsmaschine.

Ich hatte seine miese Laune völlig vergessen und sprang auf den Tisch, um es mir auf den Papieren neben seiner Arbeitsmaschine gemütlich zu machen.

Da habe ich aber eine verpasst bekommen!

Später machte er Annäherungsversuche, doch da war *ich* zufällig nicht in Stimmung. Als er die Hand ausstreckte, um mir den Kopf zu streicheln,

tat ich, als würde ich erschrecken, und zog mich scheinbar verängstigt unter ein Sofa zurück. Er schmeichelte und lockte, aber ich ließ mich nicht erweichen. Erst zur Abendfressenszeit gestand ich ihm zu, sich mit mir zu versöhnen.
Brille ist rührend, wenn ihm etwas leid tut.

Ich komme nicht so oft in den Garten, wie ich gern möchte. Daran ist der Rote Harry schuld, der Nachbarkater und Horror der Höfe, vor dem ich Angst habe. Er ist ein ungehobelter Bursche, der keine anderen Katzen in seinem Revier duldet.
Ganz selten, und ich hoffe jedes Mal, dass es für immer ist, bleibt er drinnen in seinem Haus. Dann blüht das Katzenleben in den Gärten auf. Diese Zeit verbringe ich am liebsten in Gesellschaft meiner guten Freundin Madame de Pompadour. Unter einem Hortensienbusch oder auf einem Gartentisch lassen wir uns in der Sonne (sofern vorhanden!) braten und hängen unseren Träumen nach.
Wir denken an Schmetterlinge oder – meistens – an gar nichts.
Gedanken an Schmetterlinge machen einen unruhig. Ich ziehe es vor, an nichts zu denken, was eine Kunst für sich ist. Man darf sich nicht dazu zwingen, denn dann gelingt es nicht. Man muss sich dem hingeben, ohne etwas zu wollen.
Wir reden nicht viel miteinander.
Es genügt uns zusammenzusein.

Madame de Pompadour trägt immer hübsche Bändchen um den Hals, in Rosa oder Lila. Mit einem Glöckchen dran.

Ich würde das nicht aushalten.

Einmal versuchte Rock, mir auch solch ein Bändchen umzubinden. Statt eines Glöckchens hing ein kleines Röhrchen daran, und in dieses Röhrchen hatte sie einen Zettel gesteckt, auf den sie meinen Namen, meine Adresse und auch noch meine Telefonnummer geschrieben hatte. Für den Fall, dass ich verlorengehen sollte.

»Es ist nur zu deinem eigenen Besten, Pöff«, sagte Rock, als ich mich dieser Einschränkung meiner Freiheit widersetzte. Ich wehrte mich immer heftiger, und am Ende gab Rock auf.

Madame de Pompadour stört sich nicht an ihrem Halsschmuck. Ihr macht es nichts aus.

Natürlich kann man ihr eine gewisse Eitelkeit nicht absprechen. Eine Eitelkeit, die einen gehörigen Knacks bekommt, wenn Madame de Pompadour am Ende der gemeinsam verbrachten Stunden ins Haus gerufen wird.

»Po, Po, Po.«

Dann machen diese Bimmelchen und Schleifchen auf einmal einen lächerlichen Eindruck.

Schon seit einigen Tagen ist jeden Abend die Rede davon, ins Franzosenland zu fahren und mich dann mitzunehmen.
Brille und Rock haben große Angst, dass ich in dem fremden Land weglaufe und nie mehr zurückkomme. Daher ist bis jetzt nichts daraus geworden.
In ihren schwärzesten Phantasien stellen sie sich vor, wie ich, verängstigt, einsam und auf die Dauer ganz abgemagert, durch das unbekannte Land irre und den Rückweg bald gar nicht mehr finde.
In allen Einzelheiten malen sie sich die Gefahren aus, denen ich bei meinem Herumstreifen ausgesetzt sein könnte.
Beim Überqueren einer Straße gerate ich unter eine alles zermalmende Landwirtschaftsmaschine.
Bauernlümmel könnten mich aus primitivem Spaß an der Freude zu Tode prügeln.
Ich fresse trotz ausdrücklichen Verbots von dem Gift, das auf den Feldern verstreut wird, und sterbe eines qualvollen Todes.
Streunende Hunde zerreißen mich.

Hungrige Deserteure der Fremdenlegion braten mich über einem Feuer. Mein Pelzmantel wird auf einem Markt verkauft, für wenig Geld, wovon sie sich billigen Rotwein besorgen. Meine abgenagten Knochen lassen sie im Wald herumliegen.
»Vielleicht sollten wir ein Katzengeschirr für Pöff kaufen«, sagt Rock, »dann kann sie mit uns spazierengehen und läuft nicht weg.«
Brille schaut skeptisch.
»Das wird sie nie wollen«, sagt er. »Daran hätten wir sie gewöhnen müssen, als sie klein war. Jetzt ist es zu spät.«
Brille kennt mich gut.
Er kommt mit einem Foto von sich selbst, ein kleiner Junge, der unsicher auf den Beinen steht und von einem Laufgeschirr gehalten wird.
»Ohne das Laufgeschirr fiel ich ständig hin oder lief in alle Richtungen davon«, sagt er amüsiert.
»Das ist doch jetzt noch so«, sagt Rock.
Brille schaut beleidigt.
Ich beschnuppere das Foto – alter Geruch.
Wie dem auch sei: Kein Geschirr, ordnet Brille an, nicht für mich und nicht für ihn.

Neulich war ein Schwanzloser hier, der nicht gerade katzenfreundlich war.
So etwas gibt es. Oft riechen sie nach Hund. Wenn mir dieser penetrante Geruch in die Nase steigt, weiß ich, was die Stunde geschlagen hat, und mache keinen Annäherungsversuch.
Es gibt aber auch Katzenunfreundliche, denen man ihre Abneigung nicht sofort anriecht.
Sie riechen neutral nach Durchschnittszweibeiner (genau wie Brille und Rock).
Auch kein betörender Duft, aber man gewöhnt sich an alles.
Der Zweibeiner, von dem hier die Rede ist, gehörte derselben Gattung an wie Rock, auch wenn sie Hosen trug. Als ich mich zur Begrüßung an ihrem Bein rieb, stieß sie mich grob mit dem Stiefel beiseite.
»Huch!«, schrie sie. »Geh weg.«
Sie entschuldigte sich bei Rock (nicht bei mir!) und sagte, sie könne Katzen nicht ertragen. Das sei aber nicht alles, sondern Katzen lösten bei ihr Husten- und Fieberanfälle aus.
Ich zog mich hinten im Zimmer unter einen Stuhl

zurück und starrte sie von da aus eine Weile unverwandt an.
Das macht solche Leute meistens nervös.
Aber schließlich entdeckte mich Rock und beförderte mich aus dem Zimmer, und das nahm ich ihr übel. Warum ergriff sie nicht Partei für mich? Wenn es drauf ankommt, entscheiden Zweibeiner sich immer für ihre eigene Spezies.
Zum Glück brauchte ich nicht den Rest des Tages schmollend herumzulaufen. Das ist nicht gut für die Gesundheit.
Als ich nach unten in den Flur kam, stellte sich heraus, dass der Mantel der Katzenunfreundlichen vom Kleiderständer gefallen war. Ich zögerte keine Sekunde und hinterließ darauf eine kleine Pfütze.
Vielen Dank, Kleiderständer!

Große Unruhe im Haus. Ein Gefühl, als würde es dauernd durch die Zimmer und Flure wehen und als wären alle sicheren Plätze bedroht.
Ich halte mich also lieber ein bisschen abseits, was eigentlich nicht meine Art ist. Brille und Rock haben kaum Zeit für mich. Meine leidenschaftlichen Versuche, ihre Aufmerksamkeit zu erregen, habe ich vorläufig aufgegeben.
Irgendetwas liegt in der Luft.
Angefangen hat es gestern, als meine schwanzlosen Hausgenossen Koffer aller Art und Größe aus dem Keller holten.
Danach gab es eine Riesenaufregung, als Rock etwas nicht finden konnte, was sie ihren »Pass« nannte.
In der Zwischenzeit, wenn die Zweibeiner gerade nicht in der Nähe waren, habe ich die Koffer ausprobiert. In dem einen Koffer saß es sich gemütlicher als in dem anderen. Sie rochen nach allem Möglichen, und ich fügte noch meinen eigenen Duft hinzu.
Im Laufe des Tages füllten die Koffer sich mit Kleidern, Socken, Handtüchern und Laken. Ver-

führerische Stoffe, auf denen oder unter denen ich gern gelegen hätte, aber das war nicht erlaubt. Ich zog mich auf die Fensterbank zurück und schaute nach draußen in den grünen Garten. Wie um mich zu ärgern, flogen Vögel dicht am Fenster vorbei, natürlich außer Reichweite.

Spätabends packte Brille noch seine Arbeitsmaschine ein und stellte sie zusammen mit den Koffern nach unten in die Diele bei der Haustür. Und Rock schleppte eine Tüte voller Schuhe hinunter. Dann kehrte Ruhe ein im Haus.

Jetzt ist es Morgen, und ich werde schon seit Stunden vermisst.

Ich habe mich im Wäschekorb versteckt und reagiere nicht auf das immer ratlosere Rufen von Brille und Rock. Zu dieser feindlichen Maßnahme ging ich über, als ich in aller Frühe auf dem Weg zum Klo die Tragbare Wohnung im Flur entdeckte.

HUND steh mir bei!

Das kann nur eines bedeuten: einen Besuch beim Doktor. Und darauf verzichte ich. Nein danke, zu unangenehm. Keine Lust, wieder eine Spritze verpasst oder eine Pille ins Maul geschoben zu bekommen.

Dabei bin ich nicht einmal krank.

Ich merke es außerdem selbst, wenn ich krank

bin. Das brauchen Brille und Rock nicht für mich zu entscheiden.

»Pöffchen, Pöffchen!«

Lockende, flehende Töne.

»Nun komm schon, Pöff, wir fahren ins Franzosenland.«

Darauf falle ich nicht rein.

Im guten Glauben, dass ich hier in Sicherheit bin, schlafe ich im Wäschekorb ein. Das hätte ich nicht tun sollen, denn mich weckt der eiserne Griff von Rocks Hand im Nackenfell.

»Hab ich dich«, ruft sie triumphierend, und schon sitze ich in der Trawo.

Im Franzosenland gibt es viel Arbeit für eine Katze.

Das habe ich gleich gerochen, als ich nach langem Eingeschlossensein aus der Trawo befreit wurde und meine ersten Schritte in dem Haus wagte, in das Brille und Rock für eine Weile gezogen sind.

Ich atmete ein erregendes Gemisch aus Düften ein, das von verschiedenstem Getier stammte.

Auf dem Dachboden hörte ich die Mäuse tanzen.

Mein Jagdinstinkt ist aufs äußerste gereizt.

Eine gigantische Aufgabe erwartet mich.

Nicht nur mich, auch Rock, die das ganze Haus von oben bis unten putzen will. Das führte schon zu einem lautstarken Wortwechsel zwischen Brille und Rock, als Brille verkündete, er wolle sich nicht daran beteiligen.

Er sei »im Urlaub« und nicht hierher gekommen, um den ganzen Tag lang abzuwaschen, zu wischen und zu fegen. Meistens liegt er demonstrativ faul im Garten, im Schatten eines der vielen Bäume, die reichlich mit verführerischen Vögeln ausgestattet sind. Bis jetzt ist es ihnen noch gelungen, sich meinem Zugriff zu entziehen.

Der Garten ist, was die Beute angeht, ein Kapitel für sich. Ich habe dort womöglich noch mehr zu tun als im Haus. Vögel, Schmetterlinge, Bienen, Feldmäuse, Käfer, Grashüpfer – es wimmelt nur so davon.

Und – HUND sei Dank – hier laufen keine Roten Harrys herum. Ich kann mich frei bewegen, ohne ständig auf der Hut sein zu müssen. Hier bin *ich* der Horror der Höfe.

Ich habe ein Arbeitsprogramm aufgestellt, das folgendermaßen aussieht:

1. Nachts jage ich Mäuse und alles andere, was sich im Haus blicken lässt.

2. Tagsüber konzentriere ich mich auf den Garten. Ich lauere und springe auf alles, was raschelt und flattert, piepst und tschilpt.

Zwischendurch mache ich ein Nickerchen oder halte ein Mittagsschläfchen.

Heute Morgen war Rock schon in aller Frühe auf, um die Fenster zu putzen. Brille schlief noch. Als Überraschung hatte ich ihm eine Maus aufs Kopfkissen gelegt, die ich in der Nacht gefangen hatte. Solange ich noch nicht in den Garten durfte, half ich Rock bei den Fenstern. Ich vernaschte ein paar Mücken und einen fetten Brummer, der sich in der Gardine versteckt hatte.

Heute Nachmittag bekam ich im Garten – einem großen Stück Land, viel größer als das von unserem Haus in der Stadt – einen Vogel zu fassen, der sich für einen Augenblick niedergelassen hatte, um sich von all der Fliegerei auszuruhen.
Ich trug ihn zu meinem Lieblingsplatz unter einem großen Busch, wo es kühl und dunkel ist.
Als ich mich eine Zeitlang mit ihm amüsiert hatte, brachte ich ihn in die Küche, wo Rock gerade Kartoffeln schälte. Ich legte ihr den Vogel zu Füßen.
Rock wusste diese Geste nicht zu würdigen.
»Armer Vogel«, sagte sie. Und: »Böse Pöff.«
Beleidigt ging ich wieder in den Garten.
Es war doch nur nett gemeint!
Zweibeiner zeigen oft wenig Verständnis für das, was in einer Katze vorgeht.
Gegen Abend wurde ich ins Haus gerufen und machte mit einer mir bis dahin unbekannten Mäuseart Bekanntschaft.
Mit der Fledermaus. Das ist eine Maus, die fliegen kann.
Sie kam unter dem Dach der Scheune hervor, die neben dem Haus steht, und flog im Zwielicht auf

einen der nächsten Bäume. In der Luft schnappte sie nach Gewitterfliegen und Nachtmotten.
Sie ähnelt eher einer kleinen Hundeart als einer Maus, und ich habe ein wenig Angst vor ihr. Fliegende Hunde ... ein Alptraum. Es gibt Grenzen dessen, was eine Katze ertragen kann.
Manchmal höre ich Hunde bellen. Immer irgendwo in der Landschaft, in weiter Ferne und sicherem Abstand.
Früher scheint hier ein Hund gelebt zu haben. Seine Wohnung ist an die Scheune angebaut, aus Backsteinen gemauert, halb verfallen, überwuchert von Efeu voller Spinnweben. In den Zementboden ist ein rostiger Ring eingelassen, daran hängt noch ein Stück der kurzen Kette, die den Hund an seinem Platz festhielt. Er durfte bellen, aber nicht beißen.
Das ist meiner Meinung nach die richtige Art, mit Hunden umzugehen. Mit frei laufenden Hunden ist man als Katze seines Lebens nie sicher. Sie scheinen es nicht immer böse zu meinen, aber sie sind so dumm, dass sie die eigene Kraft nicht kennen.
Vorsichtig schleiche ich mich in die verlassene, baufällige Hütte. Es riecht nach Hund von vor langer Zeit. Zur Sicherheit versprühe ich meinen eigenen Duft.

Ich habe ein paar Stunden in der Küche vor der Tür zur Speisekammer gesessen. Ich meinte ein verdächtiges Knistern und Rascheln zu hören. Nach einer Weile war es still. Vielleicht sehe ich Gespenster und höre überall Mäuse.
Im Übrigen ist das Haus so gut wie mäusefrei. Ich kann nachts wieder länger schlafen.
Manchmal denke ich an Madame. Ob es ihr hier wohl gefallen würde, oder fühlt sie sich doch zu fein für das Leben auf dem Lande?
Ich habe mich immer für eine Drinnenkatze gehalten, aber im Franzosenland habe ich die Draußenkatze in mir entdeckt.
Gestern auf einen Baum geklettert und eine Zeitlang auf einem Ast gesessen. Brille musste mich herunterholen, denn als es ernst wurde, traute ich mich nicht mehr nach unten.
Lange mit einer Raupe gespielt.
Die Tage fließen dahin unter einem blauen Himmel und einer brennenden Sonne.
Eine Libelle flog ganz tief übers Gras. Ich war zu faul, um hinter ihr herzujagen.
Gerade eben hat Brille die Tragbare Wohnung in

den Flur gestellt. Daraus schließe ich, dass wir die längste Zeit hier gewesen sind. So geht alles vorüber, ohne dass man es merkt. Ich tröste mich mit dem Gedanken, dass ich neun Leben habe.
Als Brille und Rock spätabends in den Garten gehen, um die Sterne zu betrachten, schlüpfe ich mit nach draußen. Ich mache einen letzten Spaziergang durch den Garten. Ich verputze einen Nachtfalter. Unter dem Gras höre ich die Maulwürfe graben.
Hoch oben schießt ein Stern über den Himmel, eine schnelle Bewegung, die mir nicht entgeht, aber so weit reiche ich nicht.
Die Wärme des Tages liegt noch über dem Garten. Am liebsten würde ich die Nacht im Freien verbringen, unter meinem Lieblingsbusch, aber vor lauter Angst, ich könnte für immer verschwinden, sind Brille und Rock dagegen und rufen immer wieder nach mir. Dieses Mal lasse ich mich erweichen und folge ihrem flehentlichen Pöff-Gerufe.
Brilles unbenutzte Arbeitsmaschine steht neben der Tragbaren Wohnung und wartet darauf, wieder in unser Stadthaus zurückgebracht zu werden.
»Die Ferien sind vorbei«, sagt Brille, während er mich streichelt. »Jetzt geht es wieder an die Arbeit.«

Was ist das eigentlich – Arbeit?
Rock verlässt morgens das Haus und geht zu ihrer Arbeit. Und wenn Brille an seiner Arbeitsmaschine sitzt, ist er an der Arbeit. Dann darf ich nicht auf den Tisch springen und ihm vor die Finger laufen.
Arbeit ist etwas, wofür man aus der Tür geht, oder etwas, wofür man drinnen bleibt.
Das bringt mich auch nicht viel weiter.
Eine Zeitlang dachte ich, Arbeit gäbe es nur im Leben der Schwanzlosen und es sei eines der vielen Dinge, die sie von mir unterscheiden.
Aber seitdem ich im Franzosenland einen Esel gesehen habe, der einen Karren zog, weiß ich es besser.
Dieser Esel wurde Arbeitstier genannt.
Einmal kam Rock von ihrer Arbeit nach Hause und sagte, genau so fühle sie sich: wie ein Arbeitstier. Woraus ich folgere, dass Rocks Arbeit darin besteht, außer Haus einen Karren zu ziehen.
Brilles Arbeit besteht darin, an seiner Arbeitsmaschine zu sitzen.
Ich stelle fest, dass Arbeit alles Mögliche bedeu-

ten kann und dass man sie überall erledigen könnte.
Ich frage mich, ob ich auch etwas tue, das als Arbeit bezeichnet werden kann.
Manchmal sitzt Brille an seiner Arbeitsmaschine und starrt einfach nur vor sich hin. Man könnte meinen, er arbeite dann nicht, aber Brille sagt, das müsse man anders sehen: Er verrichte dann Denkarbeit.
Ich sitze auch manchmal da und starre vor mich hin. Ich weiß nicht, ob das bei mir eine Form von Arbeit ist. Es ist mehr eine Art Dösen.
Es dauert auch nie lange. Entweder schlafe ich ein, oder ich entdecke etwas, das meine Aufmerksamkeit erregt – eine Fliege, ein Blatt, das vom Baum in den Garten herabwirbelt.
Wenn Dösen Arbeit ist, arbeite ich nicht hart.
Wenn Schlafen dagegen Arbeit ist, mache ich Überstunden.

Die meisten Zweibeiner, die uns in dem Haus, in dem ich mit Brille und Rock wohne, besuchen, haben keinen Schwanz.

Ich sagte »die meisten«, denn ich habe schon einmal einen gesehen, der sehr wohl einen Schwanz hatte. Der saß an seinem Kopf fest, und das ist eine merkwürdige Stelle für einen Schwanz. HUND (sein Name sei gepriesen!) war in diesem Fall beim Befestigen dieses Anhängsels reichlich nachlässig.

Rock fand, das könne man ja nicht mit ansehen, und plädierte fürs Abschneiden. Zweibeiner können sehr grausam sein. Das sollten sie mal bei mir versuchen!

Die meisten Vierfüßer, die meinen Lebensweg bis jetzt gekreuzt haben, waren stolze Besitzer eines Schwanzes. Im Franzosenland begegnete ich Esel, Kuh und Pferd, einer wie der andere versehen mit einem haarigen Verlängerungsstück, genau wie bei mir am Ende des Rückens befestigt. Die Schlange, die sich durchs Gras wand, war überhaupt nur Schwanz.

Auch HUND, der mir einige Male erschienen ist,

wobei er mich jedes Mal in Angst und Schrecken versetzte, hat einen Schwanz. So gesehen bin ich nach Seinem Bild geschaffen.
Ich kann mir nicht vorstellen, wie es wäre, ohne Schwanz zu leben. Man wäre so nackt ohne Schwanz. Und dabei habe ich noch gar nicht davon gesprochen, wie nützlich er ist.
Manchmal blicken Zweibeiner traurig drein. Ich glaube, sie vermissen dann ihren Schwanz. Sie spüren, dass ihnen hinten etwas fehlt.

Ich gehöre zu denjenigen, die ungern auf einem Schoß liegen. Dazu fehlt mir die Geduld. Auf einem Schoß ist nicht viel los. Außerdem wird man träge davon, und ich liege schon so viel.
Als ich noch klein war und zum ersten Mal zum Doktor ging, sagte der, nachdem er mich hier und da gekniffen hatte, ich hätte eine Neigung zur Fettsucht.
Ich wusste nicht, ob ich beleidigt sein sollte, aber zu der Zeit wusste ich ohnehin nicht viel.
Brille, der mich bei meinem Arztbesuch begleitet hatte, erzählte es Rock, als wir wieder zu Hause waren: »Pöff hat eine Neigung zur Fettsucht.«
Sie fanden das offenbar sehr komisch. Ich hatte den Eindruck, dass es ihnen nicht allzu viel ausmachte. Sie stellten es sich schon lebhaft vor: eine gemütliche dicke Katze, die gern auf einem Schoß liegt.
Manchmal höre ich Brille und Rock mit einem Hauch von Wehmut darüber reden. Aber ich glaube nicht, dass sie es lange aushalten würden, mit meinem Gewicht auf ihrem Schoß. Zudem unterschätzen sie ihre eigene Ungeduld.

Ich wiege jetzt siebeneinhalb Kilo, mit Pelzmantel. Ohne wäre es weniger, aber, na ja, er ist nun einmal an mir festgewachsen.
Dass ich nicht gern auf einem Schoß liege, hat übrigens nichts damit zu tun, dass ich den Zweibeinern, mit denen ich zusammenlebe, mein Gewicht ersparen will.
Abgesehen davon, dass mir die Geduld fehlt, finde ich nämlich, dass man auf einem Schoß nicht richtig bequem liegen kann. Irgendetwas hängt immer ein bisschen drüber weg. Wenigstens kenne ich keinen Schoß in meiner näheren Umgebung, der breit genug für mich wäre.
Wie es scheint, gibt es Schoßhündchen. Von Schoßkätzchen habe ich noch nie etwas gehört.
Ich glaube, dieses Thema hiermit erschöpfend behandelt zu haben.

Brille sitzt an seinem Arbeitstisch und blättert in einem dicken Buch. Er hält auf einer Seite inne und sagt: »Weißt du, was du bist, Pöff?«
Seine Stimme klingt lieb, wie immer, wenn er mit mir spricht.
Dem kann ich nicht gut widerstehen, ich springe auf den Tisch, um ihm näher zu sein, und lege mich genüsslich neben seine Arbeitsmaschine, was normalerweise streng verboten ist.
Brille streichelt mir die Nase und sagt: »Du bist ein vierfüßiges kleines Haustier.«
Das klingt gut, und ich reibe dankbar meinen Kopf an seiner Hand.
Aber er ist noch nicht fertig.
»Ein vierfüßiges kleines Haustier aus der Familie der Katzenartigen aus der Ordnung der Raubtiere«, fährt Brille fort. Sein Ton ist feierlich geworden, ein bisschen wie der eines Gelehrten.
Die Familie der Katzenartigen, die Ordnung der Raubtiere. Hochtrabende Wörter, die mein Fassungsvermögen leicht übersteigen. Ich finde mich nicht so ganz darin wieder. Aber es steht in einem Buch, also wird es wohl stimmen.

Brille schlägt das Buch zu, fordert mich mit einem sanften Schubs auf, den Tisch zu verlassen, und widmet sich wieder seiner Arbeitsmaschine. Die Anwesenheit des vierfüßigen kleinen Haustiers ist nicht länger erwünscht.

Von Zeit zu Zeit bringt der Postbote einen Karton für Brille. Den trägt er dann nach oben, und während ich interessiert zuschaue, packt er ihn in seinem Arbeitszimmer aus.
Meistens kommen Bücher aus dem Karton.
Dafür interessiere ich mich nicht.
Brille widmet ihnen viel Aufmerksamkeit, die er lieber mir schenken sollte, und das passt mir nicht.
Manchmal starrt er stundenlang in solch ein Buch, das vor ihm auf dem Schoß liegt. Wenn mich das allmählich langweilt, springe ich oben drauf, zu Brilles großem Ärger.
Was mich interessiert, ist der Karton, aus dem die Bücher hervorgekommen sind.
Ich mag Kartons. Ich springe gern hinein.
Am liebsten mag ich Kartons, in die ich gerade reinpasse. Wenn ich mich hineinlege und die Augen schließe, kann mich niemand sehen. Auch als Katze hat man ab und an dieses Bedürfnis.
Manchmal gibt es keine Kartons, wenn ich mich nach einem verborgenen Platz sehne. Dann gehe ich auf die Suche nach einem offenen Schrank,

um mich in eine Ecke zurückzuziehen. Es dauert nie lange, bis ich einschlafe.
Das hat mich neulich in Schwierigkeiten gebracht. Ich war wieder einmal eingeschlafen (diesmal im Wäscheschrank). Durch die halboffene Tür fiel mattes Licht herein. Aber als ich aufwachte, war es stockdunkel. Irgendjemand hatte die Schranktür geschlossen, und ich konnte die Pfote nicht vor Augen sehen.
Aber viel schlimmer war es, dass ich nicht herauskonnte, obgleich ich immer wieder gegen die Tür stieß. Was ich allerdings nach einiger Zeit aufgab, denn ich begriff, dass mir nichts anderes übrigblieb, als zu warten, bis sich die Tür wieder öffnete.
Eigenartig, wie ein prinzipiell angenehmer Ort voll herrlicher, vertrauter Düfte von einem Augenblick auf den anderen zu einer engen Höhle werden kann, einem Kerker, aus dem man heraus will.
Ich bin eher ein philosophischer Typ und gerate nicht schnell in Panik – außer, wenn der Rote Harry, der Horror der Höfe, auftaucht –, aber jetzt verlor ich den Kopf. Hinzu kam, dass ich einen starken Druck auf der Blase verspürte und wusste, man würde es mir sehr übel nehmen, wenn ich diesem Druck auf natürliche Weise nachgab.

Ich verlegte mich daher auf ein anhaltendes, klägliches Miauen. Es dauerte zum Glück nicht lange, bis ich Rocks Schritte hörte. Gleich darauf war ich frei.
»Da warst du also, böse Pöff«, sagte Rock. »Wir haben dich überall gesucht.«
Brille lief offenbar noch immer, verzweifelt mit der Schachtel Brekkies klappernd, auf der Straße herum.
Böse Pöff! Ich!
Als hätte ich selbst die Tür hinter mir geschlossen!
Die Schwanzlosen geben aber auch nie etwas zu.

Rock ist nicht zu Hause, und Brille sitzt an seiner Arbeitsmaschine und hat mir deutlich zu verstehen gegeben, dass er keinen Wert auf meine Anwesenheit legt.
Ich weiß nichts mit mir anzufangen und irre treppauf, treppab durchs Haus. Ich könnte meiner Langeweile natürlich entgehen, indem ich mich irgendwo hinlegen und schlafen würde, aber ich schlafe schon so viel und will jetzt einfach, dass etwas passiert.
Sehnsüchtig schaue ich in den Garten, wo zwei weiße Schmetterlinge maulgerecht herumflattern. Ich kann nicht an sie herankommen, denn die Terrassentür ist geschlossen.
Außerdem sitzt der Rote Harry auf dem Zaun.
In den Garten wage ich mich eigentlich nur im Schutz eines Zweibeiners, der einzigen Spezies, vor der Harry Respekt hat. Rock hat neulich einen Eimer Wasser über ihn ausgekippt, und er konnte sich gar nicht schnell genug davonmachen.
Augenscheinlich sitzt der Horror der Höfe nur dösend auf dem Zaun, aber ich weiß, dass er von

seiner Position aus alle umliegenden Gärten genau im Auge hat.
Plötzlich verlässt der Rote Harry seinen Beobachtungsposten und schleicht durchs Gebüsch davon, irgendwohin, wo ihm etwas missfällt.
Jetzt sehe ich auch, was es ist: Napoleon, der gescheckte Kater, der sich ahnungslos auf einen Spaziergang an der frischen Luft gewagt hat. Als er im letzten Augenblick entdeckt, dass Harry ihn im Visier hat, kann er gar nicht schnell genug in sein Haus zurückkehren. Harry blickt ihm grinsend nach.
Ich fühle mit Napoleon mit, obwohl ich ihn eigentlich nicht mag. Er hat nur ein Gesprächsthema, und das ist seine eigene Person. Er nennt sich selbst »meine Wenigkeit«.
Das klingt bescheiden, aber in Wirklichkeit ist es reine Blasiertheit.
Sein Spitzname ist Nappie, wie ich schon schrieb. Es scheint gar nicht zu ihm durchzudringen, wie armselig das klingt. Doch wenn man Pöff heißt, sollte man sich wohl besser zurückhalten.
Der Rote Harry jagt jetzt den Schmetterlingen nach, aber zu meiner großen Genugtuung bekommt er sie nicht zu fassen.
Hätte ich doch Flügel.

Auf dem Läufer im Flur liegt schon seit einigen Tagen ein interessanter Gummiring. Bis jetzt hatte ich immer zu viel zu tun, um mich ihm zuzuwenden. Ich nahm nur im Vorbeigehen von ihm Notiz.
Am liebsten spiele ich mit Dingen, die sich von selbst bewegen, wie Fliegen, Motten und natürlich Mäuse.
Aber die Mäuse haben alle das Weite gesucht, seitdem ich bei Brille und Rock wohne. Wenn ich Mäuse jagen will, muss ich ins Franzosenland gehen.
Eine Zeitlang habe ich mit einer Aufziehmaus gespielt, die Brille mir einmal mitgebracht hat. Das war eine Maus, die den weiten Weg aus China gekommen war, wie Brille erklärte.
Das sagte mir nicht viel.
Die Maus ging bald kaputt, und ich verlor das Interesse daran.
Ich habe auch mit einem Pingpongball gespielt. Brille ließ ihn über den Boden rollen, und ich rannte hinterher. Ich schmetterte ihn immer unter einen Schrank, und schließlich hatte Brille

keine Lust mehr, ihn unter dem Schrank hervorzuholen.

Ich erinnere mich auch an ein rundes, hartes Kügelchen, eine sogenannte Murmel. Die verschwand aus meinem Leben, als Rock darauf ausrutschte und schmerzhaft hinfiel.

Sie machte ein Riesentheater.

Zum Glück bekam Brille die Schuld.

Es wird schnell langweilig, mit toten Gegenständen zu spielen. Sie arbeiten nicht mit. Man muss alles selbst machen.

Am schönsten wäre es, wenn es noch eine Katze im Haus gäbe, mit der ich spielen könnte. Aber die gibt es nicht und wird es auch nicht geben, soweit es nach Brille und Rock geht. *Eine* Katze finden sie mehr als genug, sagen sie.

An mich denkt keiner.

Gelegentlich, wenn der Garten sicher ist – und das kommt leider nicht allzu häufig vor –, spiele ich mit Madame. Das dauert nie sehr lange, denn ich neige dazu, richtig aus mir herauszugehen, und Madame mag keine wilden Spiele.

Schließlich bleibe ich bei dem Gummiring stehen. Ich berühre ihn mit der Pfote, in der vagen Hoffnung, dass er zum Leben erwacht. Ich werfe ihn in die Höhe und schnappe danach. Ich lege mich auf den Rücken, klemme ihn zwischen die

Vorderpfoten und kratze mit den Hinterpfoten daran. Der Gummiring lässt alles willenlos über sich ergehen, er reagiert kein bisschen.
Ich gebe auf.
Selten so einen Langweiler erlebt.

Es ist Abend, und Brille und Rock sehen fern. Das tun sie fast jeden Abend.
Fernsehen interessiert mich nur mäßig. Viel Gerenne von kleinen Schwanzlosen, an die ich nicht herankommen kann, denn sie sind in Glas gefangen.
Außerdem riechen sie nach nichts, man weiß also nicht, woran man mit ihnen ist.
Dennoch sorge ich dafür, dass ich in der Nähe bin, wenn die Zweibeiner, die zu mir gehören, den Fernseher einschalten.
Fernsehen bedeutet: Spielen.
Zwischen Brille und Rock und dem Fernseher steht ein Fußbänkchen, und darauf liegt eine große Decke.
Die faltet Rock dann auseinander. Ich sehe es zwar, tue aber so, als merkte ich es nicht. Achtlos wandere ich hin und her, bis Rock mich schließlich ruft. Das tut sie mit einem kurzen, hohen Flötenton.
Ich trete sofort in Aktion, springe aufs Fußbänkchen und harre der Dinge, die da kommen sollen. Dann wickelt Rock mich in die Decke ein, und

ich lasse es über mich ergehen. Vollständig eingepackt, liege ich im Dunkeln. Ich fange schon mal gefährlich an zu knurren.

Rock stupst jetzt mit dem Schuh gegen meine Nase. Ich verwandle mich in ein wildes Raubtier, vergesse für einen Augenblick, dass ich nur eine einfache Hauskatze bin, hole mit den Krallen nach ihrem Fuß aus und verbeiße mich in ihre Schuhspitze. Rock ruft: »Au, au« und zieht ihren Fuß schnell zurück, fängt aber immer wieder von vorn an. Sie kann gar nicht genug davon kriegen. Ich auch nicht.

Ich muss schon eine ganze Menge Schuhe von Rock mit meinen Krallen zerkratzt haben. Zum Glück hat sie viele Schuhe.

Brille spielt das Spiel nur selten mit. In solchen Augenblicken hat er, glaube ich, ein bisschen Angst vor mir.

Für mich ist es ein befriedigendes Spiel. Das Raubtier in mir kommt zum Zug.

Und dasselbe gilt für Rock.

Wenn wir das Gefühl haben, dass es jetzt genug ist, springe ich vom Bänkchen herunter, und Rock faltet die Decke zusammen. Nichts deutet darauf hin, dass hier eben noch ein Kampf auf Leben und Tod geführt wurde.

Gehen wir schon wieder ins Franzosenland? Ich glaube ja, denn Brille kommt mit der Tragbaren Wohnung. Ein äußerst reizvoller Gedanke, ich setze mich schon mal in die Trawo, um die Abreise zu beschleunigen, und schnurre vor Vergnügen.
Aber ich habe mich geirrt, und als ich das merke, ist es schon zu spät, und Brille hat die Tür der Trawo geschlossen.
Wir gehen zum Tierarzt. Brille sagt, Rock habe ihm aufgetragen, meine Krallen schneiden zu lassen. Anscheinend beschädige ich die Sessel und Sofas mit meinen langen Krallen zu sehr.
Wie ich schon erwähnte, steht ein Kratzbaum im Haus, aber ich lehne es ab, ihn zu benutzen. An Möbeln zu kratzen macht mehr Spaß und bereitet auch mehr Genugtuung. Man sieht die Resultate seiner Arbeit.
Diese Resultate bringen Rock oft in Rage. Sie versucht, mir das Kratzen abzugewöhnen, aber in der Hinsicht bin ich sehr eigensinnig.
Im Wartezimmer des Tierarztes gibt es zu meiner Beruhigung diesmal keine Hunde. Dafür aber ei-

nige Artgenossen, jeder in seinem eigenen Häuschen.
Eine der Katzen ist unglücklich und jammert die ganze Zeit. Ich würde sie gern trösten, kann aber nicht an sie herankommen. Sie streckt flehentlich die Pfote durch das Gitter ihrer Trawo, doch was kann ich tun? Manchmal ist man einfach machtlos.
Sie hat es mit dem Bauch, sagt der Schwanzlose, der sie begleitet. Ein Glück, dass es bei mir nur die Krallen sind.
Gleichmütig lasse ich mir die Krallen schneiden. Sich gegen den Tierarzt zu wehren ist sinnlos. Außerdem hat Brille mich fest im Griff.
Seit meinem letzten Besuch habe ich weiter zugenommen, stellt der Tierarzt fest.
Brille macht eine hilflose Geste und sagt, er überfüttere mich wirklich nicht.
Ist es schlimm, dick zu sein?
Ich fühle mich sehr wohl, und auch die anderen Katzen, denen ich im Garten ab und an begegne, haben noch keine Bemerkungen gemacht.
Nach Hause zurückgekehrt, probiere ich, als mich gerade niemand beachtet, meine kurzen Krallen am Sofa aus. Es kratzt sich tatsächlich sehr viel weniger angenehm.
Und als ich später am Tag beim wilden Spiel mit

Rock nach ihrer Hand aushole, entsteht keine blutende Schramme.
Auch in diesem Fall kein Resultat. Enttäuschend.
Mir bleibt nichts anderes übrig, als zu warten, bis die Krallen nachgewachsen sind.

Seit einer Woche ist der Rote Harry nirgends zu sehen.

Ist er krank?
Jedenfalls blüht dank seiner Abwesenheit das Katzenleben in den Gärten auf.
Aus allen Häusern des Blocks wagen die Katzen sich nach draußen.
Anfangs sind wir noch auf der Hut und entfernen uns nicht allzu weit von unserem Zuhause, aber allmählich sind wir weniger vorsichtig und vergessen den Horror der Höfe.
Es ist eine nie gekannte Wohltat, ohne besondere Vorsicht draußen herumlaufen zu können.
Gemeinsam mit Madame erkunde ich viele Gärten, die bisher unerforschtes Terrain für mich waren.
Ich mache Bekanntschaft mit Madonna, die ich bisher nur aus der Ferne kannte. Sie ist eine Schönheit von siamesischer Abstammung und immer in Begleitung von Thelonious, einem alten, gebrechlichen Kraftprotz, der sie keine Minute aus den Augen lässt und andere Katzen argwöhnisch beobachtet, immer bereit, Madonna

gegen eventuelle Angriffe zu schützen. Madonna ist nicht mein Fall. Sie mag zwar schön sein, aber sie hat eine schrille, ordinäre Stimme, mit der sie ständig quengelnd die Aufmerksamkeit auf sich lenkt. Madame und ich kommen überhaupt nicht zu Wort.

Ich habe aus der Küche unseres Nachbarn ein Steak gestohlen. Unter der Herrschaft des Roten Harry hätte ich diese Gelegenheit wohl nie bekommen.

Harrys Abwesenheit ist Brille und Rock ebenfalls aufgefallen. Sie sind froh, dass ich mich ungestört im Garten aufhalten kann. Jetzt laufe ich ihnen nicht den ganzen Tag vor die Füße, sagen sie.

»Vielleicht ist Harry umgezogen«, sagt Brille.

»Oder tot«, bemerkt Rock.

Letzteres versetzt mir einen Stich.

HUND weiß, dass Harry nicht gerade zu meinen liebsten Katzenkollegen gehört, doch dass er aus dem Leben scheidet, wünsche ich ihm nicht.

Ich denke lieber nicht zu viel darüber nach. Übrigens weiß ich auch gar nicht, wie ich darüber denken soll.

Besser ist es, mit zusammengekniffenen Augen in der Sonne zu liegen – so lange es möglich ist.

Katzen können ganz schön kompliziert sein. Mir widerfährt etwas, das ich kaum für möglich gehalten hätte.
Ich vermisse den Roten Harry! Es kostet mich Überwindung, das einzugestehen.
Seit seinem Verschwinden ist es wunderbar ruhig in den Gärten. Niemand wird mehr gehetzt. Ich kann gehen, wohin ich will, ohne dass ich mich dauernd umblicken muss, ob die Luft auch rein ist. Wie Napoleon neulich sagte: »Es ist, als wäre mir eine bleierne Last von den Schultern genommen.« Ich stimmte ihm automatisch zu, aber insgeheim hatte ich das Gefühl, nicht ganz seiner Meinung zu sein. Es fehlt etwas.
Wenn ich ehrlich sein soll: Ich vermisse die Spannung, die Harry in mein Leben gebracht hat. Offenbar brauche ich sie.
Ich merke, dass ich auf der Suche nach den Düften bin, die er in den Gärten hinterlassen hat. Heute Vormittag – getrieben von einem unbestimmten Verlangen – wagte ich sogar, bei ihm durch das Küchenfenster zu schauen. Oder wohnt er da nicht mehr? Jedenfalls keine Spur von Leben.

Aus sicherem Abstand beobachtete Madame einigermaßen erstaunt meine Aktion.
»Er fehlt mir«, gestand ich.
»Du bist wohl verrückt geworden«, sagte Madame. »Dieses Ekel.«

Der Rote Harry ist wieder da!
Ich bin jetzt zu Hause, lecke mir den Bauch und zittere noch vor Erregung.
Heute Nachmittag. Die Sonne ging unter, ich lag unter dem Rosenstrauch und plauderte gemütlich mit Madame de Pompadour und Napoleon. Ich erzählte gerade von dem wilden Spiel auf dem Fußbänkchen mit Rock und davon, dass Brille mich dann »Zirkuspöff« nennt, als Po und Nappie plötzlich zusammenzuckten und das Weite suchten.
Noch ganz im Banne meiner Geschichte reagierte ich den Bruchteil einer Sekunde zu spät.
Aus dem Nichts war Harry vor mir aufgetaucht und grinste mich an. Ich konnte nicht mehr nach Hause rennen, denn er stand zwischen dem Haus und mir und versperrte den Rückweg. Ich verlegte mich aufs Fauchen und Knurren, um ihn mir vom Leib zu halten, aber er kümmerte sich überhaupt nicht darum und stürzte sich auf mich. Ich konnte mich nicht wehren. Er ließ mich erst gehen, als er seinen Willen bekommen hatte.
Was in dieser kurzen Zeit passiert ist, weiß ich

nicht. Wirklich unangenehm fand ich es nicht, trotz Harrys Grobheit. Ich weiß aber, dass das, was mir passiert ist, Folgen haben wird. Mein Leben wird sich ändern.

So etwas spürt man als Katze.

Ich glaube, dass mein Bauch in nächster Zeit immer runder werden wird.

Die Frage ist: Wie sage ich es Brille und Rock?

Nun ja, sie werden es schon merken, wenn es so weit ist.

Remco Campert, geboren 1929, aufgewachsen in Den Haag und Amsterdam. In den 1950er und 1960er Jahren längere Aufenthalte in Paris und Antwerpen. 1969–1979 Lektor bei De Bezige Bij. Lebt seitdem in Amsterdam. 1951 erschien der erste Gedichtband. Seither ist ein umfangreiches lyrisches und erzählerisches Werk entstanden, das mit zahlreichen Literaturpreisen ausgezeichnet wurde. Seit 2005 erscheinen bei Arche sukzessive die Werke von Remco Campert in deutscher Übersetzung.

Remco Campert bei Arche
Aus dem Niederländischen von
Marianne Holberg

Eine Liebe in Paris
Roman
160 Seiten. Gebunden
»Ein kluger Roman über das Wesen der Liebe. Über verpasste Chancen und den Kummer, der am Ende bleibt.« *Brigitte*

Wie in einem Traum
Erzählung
128 Seiten. Gebunden. 14 Fotos
Mit biobibliographischem Anhang

Christian Brückner liest:
Remco Campert, Wie in einem Traum
2 CDs. 109:29 Min. Dpac mit Booklet

Das Herz aus Seide
Roman
192 Seiten. Gebunden
»DER Roman übers Altwerden, unübertreffbar in seiner verschmitzten Weisheit.« *BuchMarkt*